Ce livre appartient à:

....

Offert par: ....

Reçu le: ....

Zorro Productions

Mauvais quart d'heure pour Zorro

Texte français de Stanislas de Thou

HACHETTE
Jeunesse

RETROUVEZ *ZORRO* DANS LA BIBLIOTHÈQUE ROSE

Zorro connaît la musique
Zorro et la forteresse du Diable
Zorro et l'épée du Cid
Zorro contre le Faucon
Zorro, l'enfant et le pirate
Mauvais quart d'heure pour Zorro

Zorro contre le gouverneur
Zorro arrive
Zorro
Le retour de Zorro
L'épée de Zorro
Zorro et le sergent Garcia

Hachette, 79, boulevard Saint-Germain, 75006 Paris.

Chapitre 1

Mon alcade chez les riches

« Mendoza ! Mendoza ! Venez ici ! Plus vite que ça, espèce d'empoté ! »

À entendre les cris de l'alcade, on aurait pu croire que les écuries étaient en feu ou que la guerre venait d'éclater — et tout autre que Mendoza se serait affolé. Mais le brave sergent, qui connaissait bien son alcade, pensa plutôt qu'il l'appelait pour lui confier une corvée. À moins que, comme souvent, il ne se fût levé du mauvais pied ce matin, et cherchât quelqu'un sur qui passer sa colère. Dans un cas comme dans l'autre, une seule chose était sûre : mieux valait accourir.

« J'arrive, *mi* alcade, j'arrive ! »

En moins de temps qu'il n'en faut pour le dire, le sergent abandonna le petit repas qu'il était en train de prendre, bondit sur ses pieds, s'essuya la bouche d'un revers de main, épousseta ses moustaches, se tapota les joues comme s'il espérait y faire rentrer sa barbe de deux jours, agrafa sa ceinture, fourra le bas de ses jambes de pantalon dans ses bottes, écarta les doigts pour s'en faire un peigne avec lequel il se recoiffa, vissa son képi sur sa tête, traversa à grandes enjambées la cour de la caserne, avala un dernier morceau de chorizo arraché à son casse-croûte en partant, et apparut dans l'encadrement de la porte du bureau de l'alcade, essoufflé, en nage et tout rouge.

« Sergent Mendoza à vos ordres, *mi* alcade », dit-il en faisant claquer ses talons.

Puis il se figea dans un garde-à-vous impeccable, tandis qu'il ajoutait, à mi-voix, pour lui seul :

« La peste soit des alcades qui interrompent les sergents quand ils mangent et les font courir à travers des cours de caserne sous le chaud soleil d'onze heures du matin ! »

« Qu'est-ce qui lui prend tout à coup, à cet imbécile ? pensa l'alcade en le voyant ainsi, immobile, avec le regard dans le vague et le petit doigt sur la couture du pantalon. Il se moque de moi, ma parole ! »

« Repos, sergent, commanda-t-il. Ce n'est plus de votre âge de jouer au soldat de plomb. »

Mendoza chercha à deviner dans les yeux de l'alcade le sort qui l'attendait : allait-on le faire travailler ou le réprimander ? À tout prendre, il aurait préféré des réprimandes, car le métier de souffre-douleur est moins fatigant que celui d'homme à tout faire. Mais l'alcade en avait décidé autrement.

« Sergent Mendoza, vous allez me repasser ce costume immédiatement, dit-il en montrant du doigt des vêtements en vrac sur une chaise, dans un coin de son bureau.

— Bien, *mi* alcade.

— Pendant que vous y serez, vous talquerez les gants et vous recoudrez celui qui a un petit accroc, et puis vous lustrerez le chapeau. Il s'appelle un huit-reflets. Faites en sorte qu'il mérite de nouveau son nom. Il y a aussi une chemise. Vous en amidonnerez le jabot et les poignets de dentelle. Qu'elle soit comme neuve, vous m'entendez ?

— Bien, *mi* alcade.

— Et pour finir, vous cirerez les bottes qui sont là-bas, par terre... Et que ça brille, Mendoza ! Je veux pouvoir me mirer dedans, c'est bien compris ?

— Oui, *mi* alcade. »

Lorsque le sergent eut fini de tout ramasser et qu'il se retrouva avec le

costume sur les bras, et les gants, et la chemise, et le chapeau, et les bottes, cela faisait un assez joli tas qui lui montait jusqu'au milieu du visage. Seuls en émergeaient les yeux et le képi. En un sens, tant mieux, car ainsi il était caché pour serrer les mâchoires et commencer à blanchir de rage.

« Je me croyais sergent dans l'armée du roi d'Espagne et me voilà blanchisseuse ! » ronchonna-t-il à mi voix.

Sur ce, il s'apprêtait à sortir, croyant en avoir terminé, lorsque l'alcade le rappela.

« Hé, Mendoza !

— Oui, *mi* alcade ?

— Je veux que vous me rapportiez tout cela au plus tard à midi moins le quart. »

Pour le sergent, c'était le coup de grâce.

« Je vais tâcher, *mi* alcade, répondit-il

en grinçant des dents derrière sa pile de linge.

— Ne tâchez pas, gros nigaud, faites-le !

— Mais...

— Il n'y a pas de *mais* qui tienne !... Apprenez que, dans l'armée, rien ne sert d'obéir, il faut obéir à point, *scrogneugneu !*

— A vos ordres, *mi* alcade.

— Attention, Mendoza ! J'ai dit que je vous donnais jusqu'à midi moins le quart. Si vous avez le malheur d'être en retard, je jure que je vous ferai balayer la place du village.

— Oui, *mi* alcade.

— Avec une brosse à dents...

— Bien, *mi* alcade.

— Un jour de marché aux bestiaux.

— Oh non, *mi* alcade !

— Bien sûr que si ! Car, voyez-vous, sergent, aujourd'hui même, je suis invité à une très importante réunion mondaine.

— Non ?

— Si !

— Oh, *mi* alcade ! C'est si merveilleux que je... que je... C'est bien simple, je ne trouve plus mes mots. »

L'alcade mit les pouces dans les poches de son gilet et bomba le torse.

« Hé oui, Mendoza, dit-il avec une orgueilleuse grimace. Je suis invité, et vous ne devinerez jamais par qui.

— Je donne ma langue au chat, répondit le sergent, après avoir poliment fait semblant de chercher pendant un court instant.

— Par nul autre que... don Diego de la Vega ! »

L'alcade avait lâché ce nom comme s'il s'agissait du vice-roi du Mexique, ou du prince de Castille, ou même du roi d'Espagne en personne. Et, en effet, dans Los Angeles, les de la Vega occupaient un rang très élevé, car leur noblesse était ancienne et leur fortune immense. Pourtant, Mendoza ne paraissait pas impressionné, ni même surpris, et l'alcade, qui avait espéré l'éblouir, était déçu.

« Si vous ne me croyez pas, sergent...

— Voyons, *mi* alcade, je vous crois, mais...

— Si vous ne me croyez pas, sergent, s'entêta l'alcade, qui sortit de sa poche une feuille de papier, voici la lettre que j'ai reçue avant-hier. Elle est signée Diego de la Vega, et je m'en vais vous la lire...

— Je vous en prie, *mi* alcade, ce n'est pas la peine...

— Si, si. Ecoutez plutôt : "Mon cher ami"... Notez bien qu'il m'appelle son *cher ami*. "Mon cher ami, me ferez-vous l'immense honneur d'assister à la petite fête que j'ai l'intention d'organiser pour l'anniversaire de mon auguste père, don Alejandro, samedi prochain, à midi précis, à l'auberge ? *Post-scriptum* : N'en parlez à personne." Voilà, Mendoza. Qu'en dites-vous ?

— J'en dis que vous n'auriez pas dû m'en parler et que vous venez de le faire, s'étonna le sergent.

— Oui, mais à vous, ça ne compte pas. Tout ce qui compte c'est que la haute société de Los Angeles s'est décidée enfin à m'admettre dans ses rangs... Remarquez, n'étant pas snob, je m'en moque, bien entendu. Mais je ne peux pas m'empêcher de me réjouir à l'idée de cette fête splendide, où il n'y aura que moi et des personnes de qualité. »

L'alcade se tut et regarda Mendoza, mais une nouvelle fois il lui trouva une autre mine que celle à laquelle il s'attendait. Le sergent, au lieu de paraître envieux, le regardait avec des yeux ironiques.

« Oui, moi aussi, j'ai hâte de voir ça, dit-il.

— Quoi ? Qu'est-ce que vous racontez ? » fit l'alcade.

Alors, le sergent expliqua d'une voix faussement penaude que lui aussi était invité à l'anniversaire de don Alejandro...

« Quoique je ne comprenne pas ce qui me vaut un tel honneur », éprouva-t-il le besoin de préciser.

Bien entendu, l'alcade fut très fâché par cette nouvelle. Mais il l'aurait été bien davantage encore s'il avait pu voir que, à l'abri derrière le huit-reflets poussiéreux et la paire de bottes crottées, Mendoza se pinçait les lèvres pour ne pas rire...

Chapitre 2

Don Diego voit trente-six chandelles

Le même jour, un peu avant midi, dans l'hacienda des de la Vega, régnait une agitation fébrile. Don Alejandro regardait sa montre toutes les dix secondes en attendant que son fils ait fini de se préparer.

« Presse-toi, Diego, lui cria-t-il à travers la porte de sa chambre. Nous devrions déjà être partis.

— Je viens, père.

— Mais enfin, mon garçon, qu'est-ce qui te retient ?

— Je ne parviens pas à retrouver ma cravate en pou-de-soie bleu.

— Eh bien, mets-en une autre.

— Impossible, c'est la seule qui aille avec mon gilet.

— Eh bien, passe-toi de cravate.

— Père ! Je ne tiens pas à paraître débraillé dans une circonstance aussi solennelle.

— Tu n'auras qu'à dire qu'à Paris la mode est de ne plus porter de cravate. Avec ta réputation de dandy, personne n'osera te contredire.

— Ce serait laid.

— Quoi, mentir ?

— Non, exhiber son bouton de col.

— Eh bien, soit, trouve ta cravate bleue, ou change de gilet... Mais, je t'en prie, fais vite ! Nous sommes déjà en retard. »

Don Alejandro regarda sa montre une fois de plus et soupira. Son fils le navrait. On était à Los Angeles, que diable, une petite ville de quatre ou cinq milliers d'âmes, perdue aux confins de trois déserts — pas dans une élégante capitale d'Europe ! Et l'on n'allait pas à l'Opéra ni au château de Versailles, mais à l'auberge de la señorita Victoria Escalante, pour trinquer avec des gens simples !

De précieuses minutes passèrent encore. Enfin, don Diego apparut, cravaté à son goût et prêt à partir. Il était temps, car don Alejandro commençait à perdre patience.

« Diego, il est midi moins cinq, et l'invitation spécifiait "12 heures précises".

— Oui, j'ai même trouvé la formule un peu sèche.

— Que veux-tu, c'est le style de l'alcade...

— N'empêche que c'est très délicat de sa part, cette idée d'organiser une petite fête pour l'anniversaire du sergent Mendoza. A tel point que je n'en reviens pas. Cela ne lui ressemble guère...

— Tu as raison, Diego, jusqu'ici la délicatesse n'avait pas été son fort. Mais rien n'interdit aux gens de s'améliorer.

— Surtout pas à notre alcade ! On voit mal ce qu'il pourrait faire d'autre que des progrès, le bougre. Il a toujours eu le caractère le plus effroyable que j'aie connu.

— Sur ce point, je ne te contredirai pas. Mais maintenant, filons ! Il ne faut pas gâcher la surprise de ce brave sergent. »

Là-dessus, ils partirent sans se retourner. Du coup, don Alejandro ne s'aperçut même pas qu'il oubliait sur le piano le cadeau qu'il avait acheté pour Mendoza...

A midi et deux minutes, don Diego et son père débouchèrent sur la place du village, juste à temps pour voir l'alcade et le sergent s'engouffrer dans l'auberge.

« Je te l'avais bien dit, Diego : nous sommes en retard.

— Alors, hâtons-nous ! »

Les deux hommes accélérèrent le pas, le fils suivant respectueusement le père, le père maugréant allégrement contre le fils :

« Quoi ! c'est maintenant qu'il dit "hâtons-nous !" songeait don Alejandro, exaspéré. Ah, il ne manque pas de toupet ! Après avoir tant perdu de temps ce matin devant son miroir ! Toujours là à se pomponner, comme une coquette à sa toilette ! J'ai beau le chérir tendrement autant qu'un vieux père peut le faire pour son fils, je ne le comprends pas. *Sacra madre !* Y a-t-il vraiment rien de plus important dans l'univers que d'assortir une cravate et un gilet ? Si je le lui demandais, je suis sûr qu'il me répondrait : "Oui, *padre,* il y a plus important... une sonate pour piano, de ce fameux Beethoven, qu'un ami m'a envoyée récemment de Berlin", ou bien : "La pièce qu'un certain M. Victor Hugo vient de faire représenter à Paris annonce une ère nouvelle", et que sais-je encore !

« Bon Dieu, la Californie croule sous l'injustice, et il n'y a pas que le climat qui fasse du tort aux *peones,* mais aussi les fonctionnaires avec leurs impôts écrasants, les soldats avec leurs réquisitions et les bandits de tout poil avec leurs vols et leurs pillages ! Dans un tel pays, ce n'est pas un seul et unique Zorro qu'il nous faudrait, *Madre de Dios,* mais cent, mais mille !

« Et pendant ce temps-là, mon cher Diego, lui, fait venir à grands frais des partitions d'Allemagne, des recueils de poésie de Paris, des cravates et des gilets de Londres, et ne voit rien de ce qui se passe autour de lui ! »

C'est ainsi que les de La Vega parvinrent à leur tour devant l'auberge. Sur la porte était accroché un panonceau : *« Fermé pour cause de réunion privée. Accès réservé aux personnes munies d'invitations. »*

Ils entrèrent.

L'auberge était vide.

Il y régnait même un silence inquiétant.

Don Alejandro et don Diego échangèrent un regard surpris. Puis ils sursautèrent lorsque retentit dans la cuisine un bruit sourd : le genre de bruit que fait par exemple en tombant un sac de farine, un ballot de linge... ou un corps.

Sur la pointe des pieds, ils s'avancèrent. La porte de la cuisine était entrebâillée. Don Diego passa la tête à l'intérieur ; son père l'imita.

Ce qu'ils y découvrirent leur coupa le souffle : Mendoza et l'alcade gisaient face contre terre, ligotés aux poignets et aux chevilles, un bâillon sur la bouche.

Victoria aussi était là, pieds et poings liés, et tout aussi bâillonnée, mais comme elle était cachée par le gros poêle

en faïence, dans un recoin sombre de la pièce, ils ne la virent pas.

Ils n'aperçurent pas davantage l'homme tapi contre le mur, qui les attendait, le bras levé, un énorme pistolet à la main, la crosse prête à s'abattre.

Don Diego aurait voulu penser :« Que se passe-t-il donc ici ? » Seulement, il n'en eut pas le temps. Il en était encore à « Que se passe... » lorsqu'il ressentit une douleur violente sur le sommet du crâne. Tout à coup, une gerbe d'étincelles blanches jaillit devant ses yeux. Puis il se retrouva noyé dans des ténèbres épaisses et, sans même s'en rendre compte, s'affala mollement sur le sol.

Une fraction de seconde plus tard, don Alejandro fut frappé à son tour. Il éprouva la même douleur, vit les mêmes lueurs, entra dans la même nuit — et tomba assommé sur le corps de son fils, qui amortit sa chute.

Chapitre 3

Un piège pour cinq

Lorsque don Diego revint à lui, sa première impression fut que toutes les cloches de la chrétienté carillonnaient Pâques dans sa tête. Il voulut porter la main à son front douloureux, mais son geste fut brusquement arrêté par quelque chose qui lui cisailla le poignet.

« Où suis-je ? » se demanda-t-il.

A première vue, dans une fâcheuse posture !

Il était assis par terre, avec une corde

nouée serrée autour des chevilles, et ses bras retenus de force au-dessus de sa tête. Il leva les yeux pour voir ce qui se passait là-haut : ses mains étaient attachées à un anneau de fer scellé dans le mur. Et, pour que son malheur fût complet, un bâillon d'étoffe grossière lui obstruait la bouche.

Don Diego regarda autour de lui. Les gens qu'il aperçut n'étaient pas mieux favorisés par le sort.

Il y avait Victoria, attachée par les deux mains à l'un des montants du monumental poêle en faïence, et dont les beaux yeux lançaient des regards apeurés. On lui avait enfoncé une serviette dans la bouche, maintenue en place par un lacet de cuir qui creusait de cruels sillons dans ses joues.

A l'opposé, dans la cheminée, grande à rôtir un bœuf, l'alcade et le sergent Mendoza étaient enchaînés à la crémaillère. Derrière leurs bâillons, ils marmonnaient des « hum ! hum ! »inutiles.

Quant à don Alejandro, on l'avait assis sur un tabouret à côté du buffet. Sa tête pendait lourdement sur sa poitrine. Du sang lui tachait le front. Un homme était en train de lui attacher les mains à l'un des crochets dépassant des murs et qui servaient d'ordinaire à suspendre des batteries de casseroles. Don Alejandro n'avait pas encore repris connaissance et n'offrait pas plus de résistance qu'une poupée de son. Les yeux de don Diego, lorsqu'il découvrit cet odieux spectacle, s'emplirent de fureur. Il tira sur ses liens, mais en vain. La corde tenait bon. Il ne réussit qu'à se scier les poignets.

Au moment où l'homme achevait de lui lier les chevilles, don Alejandro, avec un petit geignement, se réveilla. Il ouvrit la bouche pour parler, mais l'autre lui

appuya aussitôt la lame d'un terrible couteau contre la gorge.

« Chut ! fit-il. Je reconnais bien là les de La Vega. Il faut toujours qu'ils aient le dernier mot. »

Don Alejandro regarda l'homme. Son visage était maigre, avec un teint jaunâtre de vieux parchemin, sa barbe mal rasée et clairsemée, et dans ses grands yeux noirs, injectés de sang, passaient de terrifiants éclairs de folie. Il était si près que don Alejandro put même sentir son haleine avinée. Prudemment, le noble vieillard choisit de se taire.

Lorsque l'homme eut fini de l'attacher, il vint se planter au milieu de la pièce pour contempler son œuvre. Don Diego l'estima assez proche pour l'atteindre et, prenant appui sur les liens qui lui martyrisaient les poignets, il balança ses deux pieds dans les airs. Il pouvait espérer assommer l'inconnu en le frappant à la tempe. L'autre tomberait, lâcherait son poignard, qu'il faudrait ensuite pousser vers Victoria, qui s'en servirait pour trancher ses liens, après quoi elle libérerait les autres... Et si ça ne marchait pas, tant pis, don Diego aurait du moins passé un peu sa rage.

Ça ne marcha pas.

Les semelles de don Diego effleurèrent tout juste l'épaule de l'homme, qui se retourna et, livide de rage, marcha

sur son assaillant. A le voir faire, les autres craignirent le pire. Mais il se contenta d'appuyer la pointe de sa lame à la base du cou de don Diego et s'arrêta dès qu'il vit perler une goutte de sang.

« Attention, monseigneur, menaça-t-il. Votre vie ne tient qu'à un fil. Essayez encore une fois de jouer les héros, et je vous égorge... »

Les yeux de don Diego s'arrondirent de stupeur. L'homme comprit qu'il l'avait reconnu.

« Hé oui, mon petit de La Vega, dit-il en retroussant ses lèvres comme un loup qui va mordre. C'est bien moi : Ricardo Quintana. »

Chapitre 4

Le feu aux poudres

Ni Victoria, ni don Alejandro, ni don Diego, ni Mendoza, ni l'alcade n'avaient à chercher loin dans leurs mémoires pour retrouver le souvenir de ce Ricardo Quintana.

Il y avait de cela plus d'un an, il avait débarqué un beau matin de la diligence de Sacramento, avec à son bras une fort jolie femme qui répondait au doux nom de Mayatana. A cause de leur bonne mine et de leurs belles manières, on les avait d'abord crus honorables. Mais la politesse ne prouve rien et, comme on dit, l'habit ne fait pas le moine. Quintana et sa compagne à la figure d'ange étaient en fait des escrocs, et plus d'une honnête famille de Los Angeles avait bien failli être ruinée par eux.

Le premier à concevoir des soupçons, ce fut don Diego, à la grande inquiétude du couple. Il observa, enquêta, trouva des preuves. Alors, il revêtit une fois de plus ses habits noirs, mit son masque, fit seller Tornado, et surprit Quintana la main dans le sac, un jour qu'il s'apprêtait à duper une nouvelle victime.

Mais même lorsqu'on s'appelle Zorro, on ne peut pas être à la fois au four et au moulin. Et tandis qu'il s'occupait de Quintana, il s'en était fallu de peu que Mayatana ne réussisse à s'enfuir avec le magot. C'étaient Victoria et don Ale-

jandro qui l'en avaient empêchée. Mais l'alerte avait été chaude, et l'alcade en personne s'était dérangé pour passer les menottes à la belle.

Au soir de cette journée mouvementée, Zorro s'était volatilisé, Mayatana et Quintana avaient couché dans la prison de la garnison, de braves gens avaient récupéré leurs économies, et Los Angeles avait recouvré son calme.

Quelques jours plus tard, l'alcade envoya le couple d'escrocs sous bonne garde à Monterey pour qu'il y soit jugé. L'escorte était commandée par le sergent Mendoza, qui paradait sur son cheval et menait tout le monde à la baguette.

Un grand nombre d'Angelenos s'était mis sur le pas de sa porte pour voir passer le fourgon aux fenêtres grillagées qui emmenait les voleurs vers leur châtiment. Et, comme ils étaient promis pour longtemps à la paille humide des cachots, tous pensaient avec soulagement qu'on n'entendrait plus jamais parler d'eux.

Et maintenant, Ricardo Quintana était revenu. Pour quoi faire ? Quelles que soient ses intentions, elles paraissaient mauvaises.

Il retira le couteau qu'il tenait sous la gorge de don Diego et le rangea dans sa ceinture.

« Huit mois ! dit-il d'une voix grondante. J'ai moisi huit mois dans cette porcherie qu'est la prison de Monterey. Huit mois sans un seul jour d'espoir... »

Au souvenir de ses souffrances, il se tut, et resta un instant immobile, la mâchoire tremblante, le front plissé, les yeux perdus dans le vide. Puis il se mit à tourner dans la cuisine à la recherche d'un morceau de tissu pour bâillonner don Alejandro. Il finit par trouver dans un panier des torchons qui attendaient le passage de la lavandière. Avec méchanceté, il choisit le plus sale.

« Ils ne m'ont jamais laissé revoir Mayatana, continua-t-il. Vous vous souvenez d'elle ? Si belle, si fière... C'était une fleur sauvage. Privée de soleil, elle s'est fanée peu à peu. Et elle est morte le mois dernier. C'est la prison qui l'a tuée. Elle ne savait pas que c'était un tel enfer...

— Minute ! répliqua don Alejandro, car il était le seul qui pouvait encore parler. Votre Mayatana, toute belle qu'elle était, ne valait pas plus cher que vous. C'était une voleuse. Elle vous a aidé à dérober aux braves gens de ce *pueblo* plusieurs milliers de *pesos*. Dieu m'est témoin que je ne me réjouis pas de sa mort, mais ce n'était que justice que vous alliez en prison et...

— Cela suffit, vieux fou ! »

Don Alejandro n'en dit pas plus, car Quintana venait de lui pincer le nez. Pour respirer, il entrouvrit la bouche. Quintana en profita pour lui enfourner entre les dents le chiffon malpropre, qu'il cala avec un méchant cordon de chanvre.

« Depuis qu'elle est morte, reprit-il, chaque nuit, dans ma cellule, je ne rêvais plus que d'évasion et de vengeance. »

Tranquillement, comme un ouvrier qui

a une besogne à faire, il ramassa dans un coin un petit baril dont il ôta le couvercle.

« Et maintenant, vous voilà enfin à ma merci ! s'exclama-t-il sur un ton triomphant. L'heure de la vengeance a sonné. »

Le petit baril contenait une poudre d'un noir terne. Quintana, suivi dans chacun de ses mouvements par cinq regards horrifiés, se mit à répandre sur le sol une longue et fine traînée de cette poudre.

« Vous cinq, d'une façon ou d'une autre, vous êtes responsables de notre capture, continua-t-il sans interrompre sa sinistre tâche. Oh ! je n'oublie pas Zorro... Celui-là, il glisse entre les mains de tout le monde. Mais n'ayez crainte, tôt ou tard, je lui mettrai la main dessus, et lui aussi me payera ça... »

La traînée de poudre avait pris la

forme d'une spirale qui faisait le tour de la cuisine. Quintana posa le baril au milieu, contre la table.

« Ah, ah ! fit-il. Vous vous attendiez à quelques banales bougies sur un gâteau, n'est-ce pas ? Et moi, je vais vous offrir un de ces feux d'artifice dont vous me direz des nouvelles. Regardez plutôt... »

Il préleva dans le baril une minuscule pincée de sa maudite poudre, la posa sur une assiette en terre et, avec le briquet à silex qu'il tira de sa poche, l'enflamma. Il y eut un *Boum !* énorme, et l'assiette vola en éclats.

« Hein ? Qu'en dites-vous ? »

Les cinq bouches bâillonnées de ses captifs n'en dirent rien, mais leurs cinq paires d'yeux exprimèrent une profonde terreur.

« Je savais que ça vous impressionnerait, s'écria Quintana. Bon, maintenant, si nous passions aux choses sérieuses ? »

Tout doucement, il alla s'agenouiller près de l'endroit où commençait la traînée de poudre.

« Dès que j'aurai mis le feu, il vous restera un quart d'heure à vivre, expliqua-t-il à ses prisonniers en brandissant son briquet. J'aurais pu prévoir une mèche plus courte, mais je veux que vous souffriez longtemps, longtemps... Comme ma chère Mayatana a souffert... Je veux que vous regardiez votre vie s'achever, tout en sachant qu'il n'y a plus d'issue, plus d'espoir, et qu'il est temps de dire adieu à vos rêves. »

Quintana battit son briquet et l'extrémité de la fine traînée de poudre s'enflamma. Il jubilait.

« Voilà, mes amis, c'est fait ! lança-t-il cruellement. Dans un quart d'heure, tout va sauter, et vous avec ! Quant à moi, c'est l'esprit tranquille que je vous quitte. Car je suis sûr que votre dernière pensée sera pour Ricardo Quintana. *Adios !* »

Avec une révérence, il sortit de la cuisine. Les malheureux qu'il abandonnait à leur sort entendirent résonner son gros rire à travers l'auberge.

Puis ce fut le silence.

Sauf le grésillement de la flamme qui commençait son long et lent voyage vers le baril de poudre noire...

Chapitre 5

L'alcade dit adieu à ses rêves (1)

Luis Ramone, l'alcade de Los Angeles, trouvait qu'il était trop tôt pour mourir.

Dire que, ce matin, il s'était levé heureux, se sentant jeune, avec un bel avenir devant lui ! Maintenant, il ne lui restait qu'un quart d'heure à vivre... Et il allait passer ce dernier quart d'heure les bras en l'air, enchaîné à la crémaillère de la cheminée, comme un gros jambon pendu à une ficelle.

Triste fin pour un alcade !

Le pire, c'était la présence, tout à côté de lui, de Mendoza, dont la sueur ne sentait pas bon. Bientôt, le baril de poudre prendrait feu, l'auberge et ses occupants exploseraient en mille morceaux, qui s'envoleraient comme les nuages de pierres que crache le Popocatépetl... Et Luis Ramone, derrière son bâillon, fit une moue de dégoût à l'idée que, en retombant, des lambeaux de sa précieuse personne allaient peut-être se retrouver mélangés avec des bouts appartenant à cet imbécile de Mendoza...

Et puis non, ce n'était pas ça le pire !

Car même si le fossoyeur se trompait et mettait en vrac dans le cercueil sa tête à lui, alcade de Los Angeles, et les membres poilus du sergent Mendoza, au fond, peu importait ! Le pire, c'était que l'alcade, lorsqu'il était arrivé de Madrid quelques années plus tôt, avait apporté dans son cœur de grandes espérances, et qu'on allait toutes les enterrer avec lui, car il n'en avait réalisé aucune.

Il avait rêvé d'exercer le pouvoir, le vrai, celui qui est là-bas, à Monterey, dans le bureau du gouverneur, ou à Mexico, dans l'entourage du vice-roi — et il allait mourir alcade de Los Angeles, c'est-à-dire petit chef d'une poignée de mauvais soldats dans un village si perdu que le roi d'Espagne ne saurait pas le retrouver sur la carte de son empire.

Il aurait voulu être admiré de toutes les femmes, et choisir la plus belle, noble dame vêtue de somptueuses parures, qui n'aimerait que lui... Et voilà qu'il allait mourir vieux garçon !

Il aurait voulu capturer Zorro, le faire juger, le faire pendre — mais aujourd'hui c'était lui qui allait mourir, et Zorro qui allait continuer de vivre !

Oh, ça, oui ! il aurait voulu voir Zorro sécher au bout d'une corde — et, au lieu de cela, demain, ce serait Zorro qui viendrait ricaner sur sa tombe à lui !...

La mèche raccourcit, la fin approche. C'est trop insupportable. L'alacade ferme les yeux. Alors, il se souvient de ce qu'a dit Quintana avant de s'en aller : *Il n'y a plus d'issue, plus d'espoir. Dites adieu à tout ce que vous attendiez de la vie !*

Et soudain, il rêve qu'il se trouve dans l'immense salle à manger de l'hacienda des de La Vega. Elle est illuminée par les mille bougies du lustre. C'est une soirée de gala. Au milieu de la pièce trône une table dressée pour un banquet. La nappe est en lin, les assiettes en porcelaine, les verres en cristal, les couverts en argent. Don Alejandro et don

Diego sont des hôtes accomplis. Toute la noblesse de Californie est venue. Les femmes sont vêtues comme pour aller à la Cour. Les diamants à leurs cous, à leurs oreilles, à leurs doigts, scintillent de tous leurs feux. *Pop! pop! pop!* font les bouteilles de champagne qu'on débouche. Des serviteurs en perruques blanches et livrées remplissent les verres. Don Alejandro lève le sien.

« Nous nous réjouissons tous, cher Luis Ramone, dit-il, de votre magnifique promotion comme gouverneur militaire de Mexico. Mais Los Angeles va vous regretter, croyez-le bien, et c'est le cœur gros que nous vous regarderons partir. *Vaya con Dios*, Luis !

— *Vaya con Dios,* reprennent en chœur tous ceux qui sont là.

— Merci, mes amis », répond l'alcade.

Les hommes rassemblés ce soir sont

tous très élégants, mais le plus élégant, c'est lui. Il donne des leçons de bon goût à don Diego lui-même.

Tout le monde l'applaudit ; tout le monde l'aime ; il se sent vraiment exceptionnel...

Pour que son bonheur soit à son comble, Victoria vient vers lui. Elle porte une robe de conte de fées. Elle est splendide, radieuse. Galamment, il lui baise la main ; elle rosit, bat des pau-

pières, bref, elle est émue, séduite, conquise...

« Señorita, dit-il d'une voix rauque. En partant, j'emporterai un peu de terre de ce pays accroché à la semelle de mes souliers, mais j'y laisserai un lambeau de mon cœur...

— Oh, comme vous parlez bien, Luis ! » répond-elle.

Et puis elle rougit de plus belle, se trouble, bredouille : « Vous permettez que je vous appelle Luis ? »

Bien sûr qu'il permet !

« N'est-ce pas mon nom ? répond-il, avec de grands airs. Luis comme les rois de France, Saint Louis sous son chêne, Louis XI et ses cages de fer, et, bien sûr, le grand Louis XIV, Roi-Soleil, auquel je me sens apparenté... »

Les yeux de Victoria brillent. Elle s'exclame :

« Oh, Luis, quel homme cultivé vous

faites ! Il n'y en a pas un dans ce *pueblo* qui vous égale par l'esprit, la sensibilité, l'intelligence... »

L'alcade ne prétend pas le contraire, car c'est aussi son avis.

« Oui, dit-il simplement. Je crois que Los Angeles perdra un peu de son âme quand je n'y serai plus. »

Victoria ne le sait déjà que trop. Elle essaie d'être brave, mais son chagrin l'emporte et elle bat en retraite, à la recherche d'une cachette où pleurer en paix le départ de Luis Ramone, cet homme merveilleux.

A ce moment-là, don Diego s'adresse à la foule des convives :

« Señoras et señores, un instant de silence, s'il vous plaît ! »

Mais personne ne fait attention à lui.

Par contre, l'alcade, lui, n'a qu'un minuscule geste à faire pour que tout le monde se taise aussitôt. D'un claque-

ment de doigts, il donne la parole à don Diego, qui se tient près d'un chevalet, sur lequel est sûrement posé un tableau, mais qu'on ne voit pas encore, car il est caché sous un carré d'étoffe rouge.

« Merci, alcade », dit respectueusement don Diego.

Et puis il toussote pour s'éclaircir la voix, fait des *hum !* et des *euh !* embarrassés, et commence enfin son discours.

« Vous avez conduit cette communauté, affirme-t-il, avec un art du commandement qui va désormais nous manquer. Sous votre autorité, l'ordre, la justice et la prospérité ont régné. Alors, si vous vouliez bien nous faire l'honneur d'accepter ce modeste cadeau comme témoignage de la haute estime dans laquelle les Angelenos et toute la Californie vous tiennent... »

On entendrait une mouche voler. Il y a tant d'émotion dans l'air que certaines femmes posent la main à plat sur leur cœur et que d'autres secouent leurs éventails avec frénésie. Don Diego attrape le carré d'étoffe rouge par un coin et tire lentement.

C'est bien un tableau qu'il y a là-dessous !

Un coin de ciel apparaît, puis la crête d'une montagne, puis une chevelure, puis un visage ovale au sourire pincé, puis un buste pris dans une robe au très sage décolleté, puis des mains blanches posées l'une sur l'autre.

« Ma parole, mais c'est la *Joconde* ! » pense l'alcade, tandis que l'assistance applaudit.

Il se penche pour examiner de plus près le cadeau d'adieu que lui font les Angelenos.

« Magnifique ! s'exclame-t-il. Mais c'est une copie, naturellement ?

— Pas du tout ! répond don Diego,

vaguement scandalisé. Rien n'est trop beau pour notre alcade.

— C'est l'original, vraiment ?

— Rien n'est faux chez les de La Vega ! insiste don Alejandro. Sauf mes dents de devant ! » ajoute-t-il plaisamment.

Tout le monde rit. Quelle ambiance ! Quelle merveilleuse fête !

« Merci, *amigos*, dit l'alcade. Je garderai ce cadeau précieusement toute ma vie. »

Et tandis que tout le monde se remet à applaudir, il se tourne vers Mendoza et lui glisse à l'oreille :

« Je me demande combien je vais pouvoir le vendre...

— Pas plus de quelques centaines de *pesos* », lui répond le sergent.

Et, comme l'alcade lui lance un regard étonné, il explique :

« Dame, il est tout petit, ce tableau ! Et vieux. Et tout couvert de craquelures. Je n'en voudrais pas, moi ! »

Chapitre 6

L'alcade dit adieu à ses rêves (2)

On a commencé le dîner par du caviar servi avec une louche, puis des dizaines de mets succulents et d'entremets exquis ont suivi, arrosés des meilleurs vins de la terre — tout cela, sous l'œil amusé de la *Joconde*. L'alcade, au centre de la table, préside. Il mange, mange, mange, mais son estomac ne le tracasse pas ; il boit, boit, boit, et il n'a même pas la tête lourde. Sans cesse, on porte des toasts en son honneur. Lorsqu'il parle, on fait silence, et lorsqu'il a fini de parler, on admire son intelligence ou l'on vante son esprit... Décidément, quand il rêve, l'alcade ne fait pas les choses à moitié !

La porte s'ouvre. On s'attend à ce que ce soit le maître d'hôtel et personne n'y prête attention.

« Alors, alcade ! » fait une voix méchante.

Tout le monde tourne la tête pour regarder celui qui a parlé sur ce drôle de ton. Surprise ! L'homme qui se tient dans l'encadrement de la porte est tout de noir vêtu et un masque lui dissimule le visage : c'est Zorro !

« Je suis venu moi aussi faire mes adieux à mon noble adversaire », lance-t-il.

Autour de la table, c'est la stupeur. Plus personne ne bouge. Certains n'osent même plus respirer. Seul l'alcade a gardé son sang-froid.

« Je ne suis pas encore parti, Zorro, répond-il bravement. J'ai encore le temps de vous voir pendu.

— *Tss, tss, tss,* fait le bandit masqué. Pourquoi tant de haine ? »

L'alcade pourrait lui répondre qu'il est un criminel, un voleur, un rebelle, et qu'il a mérité dix fois la corde qu'on lui mettra bientôt autour du cou — mais un alcade, et surtout un futur gouverneur militaire de Mexico, ne discute pas avec un criminel, il le fait pendre, c'est tout.

« Mendoza, arrêtez-le ! » ordonne-t-il au sergent assis en bout de table.

A contrecœur, Mendoza se lève. Tout près de Zorro se tient un serviteur qui porte sur un plateau un cochon de lait. Mendoza va pour tirer son épée. Zorro, du bout de la sienne, embroche le cochon et le lui jette à la figure. Mendoza et le cochon tombent par terre. Zorro éclate de rire.

« Ne vous trompez pas en le ramassant, dit-il au serviteur. Le cochon, c'est celui qui a du persil dans le nez. Celui qui a un uniforme, c'est le sergent. »

Le serviteur rit, mais il est le seul.

On entend un cliquetis exaspérant : c'est un convive qui tremble de peur ; il n'a pas lâché sa fourchette, qui cogne trois fois par seconde contre son assiette. Zorro la lui ôte des mains et la pose sur la nappe.

« C'est un morceau de votre composition ? ironise-t-il. Intéressant, quoiqu'un peu monotone. »

Le malheureux dont le bandit vient de se moquer est pâle comme la mort. Il regarde fixement devant lui. Des gouttes de sueur froide dégoulinent sur ses yeux, mais il n'ose pas les essuyer.

Heureusement pour lui, Zorro l'a déjà oublié. Il vient d'apercevoir la *Joconde*, s'en approche, colle son nez dessus pour mieux la voir.

« Magnifique ! s'exclame-t-il. C'est à vous, alcade ? Je suis sûr, poursuit-il sans attendre de réponse, que vous connaissez l'histoire de ce chef-d'œuvre ? Il fut acheté par François Ier, qui était si pressé de le posséder qu'il n'a pas même laissé à Léonard de Vinci le temps de l'achever. On sait que l'artiste rêvait d'y tracer un "Z". Je vais m'en charger. »

Et sans laisser à personne le temps de comprendre ce qui est en train d'arriver, Zorro inscrit sa marque sur le tableau... de la pointe de son épée, comme il a l'habitude de le faire ! Le résultat est un abominable « Z », qui commence par barrer le légendaire sourire de Mona Lisa, puis passe en travers de sa délicate poitrine, et s'achève sur ses blanches mains. La lame a complètement trans-

percé la toile, qui pend à présent sur son cadre comme des haillons sur les épaules d'un mendiant. Bien sûr, dans la réalité, ce ne serait pas possible, puisque la *Joconde* n'a pas été peinte sur une toile mais sur une planche de bois. Mais, cela, l'alcade l'ignore, et voilà du moins comment les choses se passent dans son rêve...

Ce que vient de faire Zorro est abominable. Cela ressemble à un meurtre. Tout le monde est horrifié. A commencer par Victoria, qui se lève d'un bond.

« Quand je pense que j'ai pu être amoureuse de vous ! s'exclame-t-elle avec dégoût. En vérité, vous êtes un monstre. Je viens de m'en apercevoir. Et je parie que, sous ce masque, vous êtes d'une épouvantable laideur, couvert de boutons et de pustules, *pouah !* Désormais, mon cœur ne vous appartient plus. Et je sais à qui l'offrir... », poursuit-elle en se tournant vers l'alcade.

Don Diego se lève à son tour. Quoi de plus naturel ? C'est l'ami d'enfance de Victoria, un peu comme son grand frère. Il la voit dans l'embarras, il vole à son secours, sans peser les risques.

« Fichez le camp, ordonne-t-il à Zorro. Ou sinon...

— Sinon quoi ? »

Don Diego et Zorro se parlant, ça ne s'est encore jamais vu ailleurs que dans le rêve de l'alcade ! D'habitude, lorsque Zorro paraît, don Diego est absent, et lorsque don Diego est là, Zorro s'abstient de paraître — pour l'excellente raison que don Diego et Zorro, c'est le même homme. Mais ça, l'alcade ne le sait pas non plus. Alors, entre le mystérieux Zorro et don Diego, la querelle continue.

« Sinon, vous aurez des ennuis, dit don Diego en mettant la main à son épée.

— Des ennuis ? Et qui va m'en faire ? Vous, don Diego ? demande le bandit, avec du mépris dans la voix.

— Non, moi ! » crie l'alcade, qui avait attendu que la situation devienne périlleuse pour daigner s'en mêler.

Il bondit et vient héroïquement se placer entre le bien gentil mais mou don Diego, et l'infâme Zorro.

« Allez-y, lance-t-il sur un ton de défi. Je vous attends... »

Zorro ne se le fait pas dire deux fois : il s'élance, l'épée en avant. L'alcade, qui n'a même pas encore tiré la sienne de son fourreau, esquive. Zorro charge encore ; on lui crie : « Attendez du moins que l'alcade soit armé ! », mais il s'en moque, ce bandit ! L'alcade aussi, du reste. Aujourd'hui, pas besoin d'épée contre Zorro ! Il ramasse le drap rouge sous lequel était cachée tout à l'heure la *Joconde* et s'en sert comme s'il était un torero. Les coups le frôlent, mais jamais ne le touchent. Quel spectacle ! On n'a jamais vu nulle part corrida plus belle ! Zorro ressemble à un taureau furieux, lourd et maladroit, l'alcade à un magnifique toréador. Zorro est ridicule. L'alcade fait merveille. Chaque fois que l'alcade réussit une feinte, chaque fois que Zorro frappe dans le vide, les convives crient *Olé* ! Soudain, l'alcade recule. Il semble mal en point. L'assistance s'inquiète. Luis Ramone est maintenant le dos au mur. Est-il perdu ? Mais non, c'est une ruse ! Zorro attaque en désordre, l'alcade s'écarte... et voilà Zorro qui s'assomme tout seul contre le mur comme un taureau contre une palissade !

Ha ! ha ! ha ! Zorro est anéanti. Non seulement vaincu, mais accablé par les ricanements et les moqueries.

Quel triomphe pour l'alcade !

« Et maintenant, dit-il, le moment tant attendu est arrivé. »

Il attrape le masque de Zorro...

Il va l'arracher...

Quand soudain le raclement des pieds d'un meuble sur le sol de la cuisine de l'auberge met fin à ce beau rêve. L'alcade s'éveille en sursaut, bâillonné et enchaîné...

Chapitre 7

Dernier espoir, dernière chance

L'alcade rouvrit les yeux pour apercevoir don Alejandro qui, arc-bouté contre le mur, poussait de ses deux pieds joints le haut buffet à côté de lui. Le meuble glissa, avec des grincements à vous donner la chair de poule, et puis buta contre une rangée de pavés inégaux : c'est ce que don Alejandro espérait. Alors, en grimaçant, il redoubla d'efforts.

Victoria comprit ce qu'il voulait faire. Assez proche pour l'aider, elle appuya aussi ses pieds contre le buffet et se mit à pousser dans le même sens. Le meuble vacilla, parut hésiter, retomba d'aplomb.

Don Alejandro et Victoria fermèrent les yeux, reprirent leur souffle, comptèrent mentalement jusqu'à trois et poussèrent ensemble de toutes leurs forces.

Le buffet se pencha de nouveau en avant, d'abord un peu, puis de plus en plus, jusqu'à perdre l'équilibre.

Enfin, il s'écroula sur le sol dans le fracas de ses planches, de ses portes vitrées et de la vaisselle qui y était rangée. Il écrasa aussi dans sa chute un seau à charbon, l'écuelle du chien, une paire de pantoufles et un balai.

Mais pas la traînée de poudre !

Pourtant, l'espace d'un court instant, les captifs se crurent sauvés, car le buffet en tombant avait déplacé beaucoup d'air.

Pour la petite flamme de la mèche, ce fut comme une bourrasque ; elle tituba, se recroquevilla, devint un simple point incandescent pas plus gros qu'une tête d'épingle, sembla disparaître. On commençait à la croire morte, quand elle se ranima. D'abord toute petite, un peu tremblante, pas très assurée, elle s'ébroua et, après une seconde d'incertitude, toute guillerette dans sa robe rouge, elle se remit en marche vers le baril de poudre... Don Alejandro et Victoria avaient échoué !

Au même moment, chez les de La Vega, Felipe errait de pièce en pièce à la recherche d'un peu de fraîcheur. Une fois dans le salon, il s'approcha du piano, avec l'intention de s'y asseoir et de profiter qu'il était seul pour répéter le dernier morceau que don Diego lui avait appris.

Quoi, les sourds-muets faisaient-ils de la musique en ce temps-là ?

Sans doute que non, mais Felipe, de toute façon, n'était pas vraiment sourd. Les gens le pensaient parce qu'il était vraiment muet. Et, lui, muet, ne pouvait pas leur dire le contraire. Mais même s'il avait pu, il ne l'aurait pas fait. Que les gens continuent de le croire sourd, ça l'arrangeait. C'est fou le nombre de choses intéressantes qui se disent devant un sourd !

Une seule personne au monde savait que Felipe avait l'ouïe fine : don Diego. De même, Felipe était la seule personne au monde à savoir que don Diego, qui faisait semblant de n'avoir aucun courage, était Zorro. Chacun veillait avec soin sur le secret de l'autre. Et il arrivait parfois, quand le faux sourd avait fini d'aiguiser les armes du faux peureux, et que l'hacienda était vide, que le faux

peureux fasse faire de la musique au faux sourd.

Donc, Felipe régla le tabouret à sa hauteur devant le piano, choisit une partition... et c'est alors qu'il aperçut le cadeau oublié par don Alejandro. Sans perdre une seconde, il le mit sous son bras et sortit de l'hacienda en courant.

Le temps d'arriver à l'auberge, et sans reprendre son souffle, il poussa la porte. Elle résista.

« Quoi ? pensa-t-il. La porte est fermée ? Et pas un bruit ? En principe, on donne une fête, là-dedans... Une fête sans musique, sans éclats de voix, sans verres qui s'entrechoquent, sans rires ? C'est louche... »

Felipe, d'un poing hésitant, frappa un coup contre la porte close, et puis attendit, l'oreille aux aguets. De l'autre côté, rien. Il frappa à nouveau. Encore une fois, le silence lui répondit.

« Il faut que j'en aie le cœur net », se dit-il.

Et cette fois, il se mit à tambouriner contre la porte si fort que toute l'auberge résonna, de la cave au grenier. Dans la cuisine, les captifs, en entendant ce tintamarre, échangèrent des regards stupéfaits et incrédules.

Et puis, au fond de leurs yeux, l'espoir se ralluma. Ils avaient l'air de se dire : « Qui est-ce ?... En tout cas, il vient pour nous sauver ! C'est toujours comme ça dans les belles histoires : on a peur, on désespère, et, à la fin, miraculeusement, quelqu'un vient, qui vous tire de là. »

Hélas ! ce n'est pas ce qui arriva.

Prisonniers dans la cuisine de l'auberge, ils entendirent les coups devenir plus faibles, s'espacer et puis cesser pour de bon. Et ce fut tout...

Alors, ils se dirent que leur dernière chance venait de passer.

Et pendant ce temps, la mèche raccourcissait.

Et pendant ce temps, la flamme, de sa démarche dansante, se rapprochait toujours, impitoyablement, du baril de poudre...

Chapitre 8

Le rêve de don Alejandro

Cette fois, c'est bien fini : leur possible sauveur, quel qu'il soit, est parti. Plus aucun secours ne viendra. Dans dix minutes, à l'heure décidée par Ricardo Quintana, il faudra mourir. Mourir est grave, mais il est carrément insupportable de devoir la mort à un bandit odieux comme ce Quintana !

Don Alejandro ferme les yeux. Et tout à coup, il rejoint le monde merveilleux de ses rêves les plus secrets...

C'est par un beau matin. Il vient de déjeuner. Il est encore en chemise et arrose les plantes du salon. « Il n'y a que moi qui sache bien m'en occuper », a-t-il coutume de dire.

Soudain, la porte s'ouvre et quatre soldats surgissent. Ils braquent sur sa poitrine les canons de leurs fusils. Don Alejandro proteste dignement.

« Qu'est-ce que cela veut dire ? »

Les soldats ne bronchent pas. Ils attendent l'alcade, qui apparaît à son tour en brandissant une lettre.

« C'est plutôt à vous de m'expliquer ce que *ceci* veut dire ! » lance-t-il, d'une voix haineuse.

Don Alejandro reconnaît son papier, ses armoiries, son encre, son écriture.

« Vous plairait-il de m'expliquer, alcade, demande-t-il avec un excès de politesse qui est en réalité une marque de dédain, ce que cette lettre, qui ne vous

était pas adressée, fait en votre possession ? »

L'alcade, afin que don Alejandro comprenne bien que son mépris le laisse indifférent, redresse le menton d'un air hautain. Peine perdue : il ne réussit qu'à se donner une mine de rat.

« Apprenez, vieux fou, clame-t-il, qu'aucun courrier ne sort de Los Angeles s'il n'est d'abord passé par mon cabinet noir...

— Votre cabinet noir ? s'étonne don Alejandro. Qu'est-ce que c'est que cela ?

— C'est mon bureau de lecture.

— Belle invention !

— Et qui ne coûte pas cher. Il y suffit d'une bouilloire, et de savoir lire. Toute lettre, avant d'être expédiée, est décachetée à la vapeur et lue de la date à la signature. Si le contenu me plaît, la lettre est refermée et part vers son destinataire. Sinon...

— Sinon ? »

Don Alejandro ne pliera pas devant l'alcade. Au contraire, il le nargue.

« Sinon, je la déchire, reprend l'alcade, et ma justice s'abat sur celui qui l'a écrite. Dieu sait si elle peut être terrible, ma justice !

— Je n'ai jamais eu peur des hommes de votre espèce, alcade, réplique le chef de la maison des de La Vega. Et, à mon âge, on est trop vieux pour changer ses habitudes.

— Et moi, je vous dis que vous avez tort de me défier ! »

L'alcade est dans une colère noire, don Alejandro magnifique de calme et de dignité.

« Les accusations que vous portez contre moi dans cette lettre, crie l'alcade en s'étranglant, sont... sont...

— Nombreuses ? choisies ? suggère don Alejandro.

— Elles sont... », essaye de nouveau l'alcade, qui trépigne.

Alors, don Alejandro, avec un doux sourire, propose d'autre adjectifs :

« Sages ? Bien formulées ?

— Indignes ! hurle l'alcade, hors de lui. Voilà, c'est le mot juste : elles sont *indignes !* Dans cette maudite lettre, je devrais plutôt dire ce torchon, vous m'accusez de vol, de corruption, d'abus

de pouvoir, d'escroquerie, de trahison et de... et de... »

Il s'interrompt pour chercher sur le papier la phrase qui lui manque.

« Et d'avoir l'air d'une poule qui a trouvé un couteau chaque fois que vous tirez l'épée », achève don Alejandro.

Les soldats qui le tiennent en joue rient sous cape. La fureur de l'alcade est à son comble. Il explose :

« Ces insultes sont intolérables ! Adressées à un officier du roi, elles constituent un crime de lèse-majesté ! »

Puis il ordonne :

« Soldats ! Emparez-vous de cet homme ! Liez-lui les mains dans le dos et sortez-le dans le jardin. J'ordonne qu'il soit collé au mur le plus proche, et fusillé sur-le-champ ! »

A partir de là, dans le rêve de don Alejandro, le rythme s'accélère.

On passe à toute vitesse dans le jardin.

Don Alejandro se retrouve dans la position que l'alcade a voulue : les mains liées, adossé à un mur. A quelques pas de lui, les quatre soldats forment un peloton d'exécution. Le jardin est magnifique. Il fait beau. Les jets d'eau gazouillent dans les fontaines. Don Alejandro respire sereinement une dernière fois le parfum des fleurs.

« Avez-vous une dernière volonté ? demande l'alcade, qui est venu se planter devant lui.

— Oui, répond-il. Que vous alliez finir votre vie aux galères. »

L'alcade hausse les épaules. Puis il bande les yeux de don Alejandro et retourne se placer près de ses hommes. Sans attendre, il lève son épée et commande :

« En joue ! »

Mais soudain, il y a comme le sifflement d'un serpent au-dessus de sa tête, et une force derrière son dos lui arrache des mains son épée, puis la jette dans un buisson de roses. Il se retourne.

« Vous ! » s'exclame-t-il.

C'est don Diego. Dans sa main droite, il tient une épée, dans la gauche, le fouet dont il s'est servi pour désarmer l'alcade.

« Pourquoi cet étonnement ? demande don Diego, avec un sourire aimable. Attendiez-vous quelqu'un d'autre ? »

Les quatre soldats s'apprêtent à tourner leurs fusils contre lui. Aussitôt, la mèche de son fouet claque quatre fois. Les fusils volent et retombent au loin, dans un bassin. Leurs amorces sont mouillées, ils ne serviront plus à rien.

L'alcade se souvient alors de son épée, et profite d'un moment de confusion pour aller la récupérer.

Don Alejandro, derrière le bandeau qui l'aveugle, cherche à imaginer ce qui se passe. Il tend l'oreille, perçoit le bruit d'une course précipitée, à pied, puis à cheval. Ce sont les quatre soldats qui devaient le mettre à mort. Pourquoi cette fuite soudaine ? Qui leur inspire une telle peur ?

Il entend une voix familière dire : « Maintenant, nous sommes seuls, rien que vous et moi, alcade », et puis le ferraillement de deux épées qui s'affrontent.

L'alcade donne de grands coups désordonnés. Don Diego, tranquillement, esquive ou pare. C'est un formidable escrimeur. L'alcade n'en revient pas.

« Je ne comprends pas, dit-il. De toute votre vie, vous n'avez jamais été autre chose qu'un beau parleur et un fin gourmet.

— Cela empêche-t-il d'être également une fine lame ? » lui rétorque don Diego.

Adieu les feintes, adieu les ruses, adieu les bottes secrètes que ses maîtres

d'armes lui ont apprises autrefois, puisqu'elles ne servent à rien contre un tel advesaire ! L'alcade se décide à tenter le tout pour le tout : il attaque en force. Les lames s'entremêlent, les pommeaux s'entrechoquent. Finalement, le combat est furieux, mais bref. D'un mouvement sec du poignet, don Diego désarme l'alcade, qui reste immobile, les bras ballants, la bouche ouverte. Don Diego pourrait lui percer la poitrine, mais il se contente de graver dans la soie de son gilet la preuve de sa victoire, *zim' zim' !* non pas un *Z* cette fois, mais un *D*, comme *Diego*.

« Maintenant, disparaissez ! lui dit-il. Quittez Los Angeles sur-le-champ et n'y reparaissez plus jamais. Ou bien je vous tuerai. »

La stupeur cloue sur place l'alcade : il se voyait déjà mort ! Mais non, il vit, il va vivre.

« Hors de ma vue ! ordonne don Diego. Dépêchez-vous, avant que je ne change d'avis et ne vous embroche comme un poulet !

— Tout de suite, señor, tout de suite », bredouille l'alcade en battant en retraite.

Il trébuche, tombe, se relève, enfourche son cheval, pique des deux éperons, s'enfuit. A voir la vitesse à laquelle il détale, on comprend qu'il ne reviendra pas de sitôt.

La bataille est finie. C'est l'heure de libérer le prisonnier. Don Diego s'approche de son père.

« Qui est là ? demande le vieil homme. Est-ce vous, Zorro ? »

Quel beau courage ! Il a failli mourir, mais sa voix est claire et il ne tremble pas.

« Oui... et non », lui répond don Diego en dénouant son bandeau.

Don Alejandro cligne des yeux dans le soleil et se retrouve en face d'un prodige : est-ce bien son Diego qui est là ? est-ce bien lui qui a fait tout ça ?

A ces questions muettes, qu'il lit sur le visage de son père, don Diego répond oui d'un signe de tête.

« Car, voyez-vous, *padre*, explique-t-il en souriant, la vérité, c'est que Zorro et moi nous ne faisons qu'un ! »

Chapitre 9

Mendoza s'y croit (1)

La traînée de poudre est à présent consumée aux deux tiers. Mendoza tire sur ses liens : ils tiennent bon. Quand il s'agit de ligoter les gens, Quintana sait y faire. Ce qu'il a dit avant de partir est vrai : il n'y a plus d'issue, plus d'espoir. Dans cinq minutes, ce sera la fin. Mendoza ferme les yeux et là, sur le fond de ses paupières transformé en scène de théâtre, il voit enfin se dérouler la scène dont il a si souvent rêvé : son alcade chargé de chaînes, comme un vulgaire bandit !

Tout Los Angeles est venu assister à la chute du tyran. Celui-ci se débat, proteste, mais il ne peut rien contre les soldats qui l'entraînent.

« Soyez certains, grince-t-il, que je me plaindrai de cet outrage au gouverneur et qu'il va vous en cuire !

— Mais c'est sur ordre du gouverneur lui-même qu'ils agissent, lui fait remarquer don Alejandro.

— Impossible !

— Vous êtes démis de vos fonctions pour crime de haute trahison, l'informe don Diego. Vous voici démasqué, infâme dictateur ! Ces soldats ont l'ordre de vous ramener à Mexico.

— Où vous serez jugé par vos pairs, ajoute Victoria.

— Par ses pairs, ça m'étonnerait !

s'exclame don Alejandro avec dédain. Jamais on ne trouvera dans tout le Mexique douze rats visqueux comme celui-là ! »

L'alcade se débat, injurie. Au moment de disparaître dans le chariot qui va l'emporter sous bonne escorte jusqu'à Mexico, il se retourne, la bave aux lèvres, et promet à la foule une punition terrible :

« Bande de misérables ! crie-t-il. Vous n'avez pas fini d'entendre parler de moi ! Je reviendrai et je vous ferai tous pendre, *tous*, jusqu'au dernier ! »

Mais les Angelenos n'en croient pas un mot. Lorsque le chariot passe sous la porte de leur village et prend la direction du sud, ils hochent la tête, poussent des soupirs de satisfaction, se regardent les uns les autres et échangent des sourires, l'air de dire : « Voilà une bonne chose de faite. » Maintenant, il s'agit de célébrer l'événement, et ce ne sont pas les sottes menaces de l'alcade qui vont gâcher leur joie.

« Bon, tout cela est bien beau, dit Victoria, mais moi je retourne à mes fourneaux. Notre nouvel alcade va bientôt arriver, et le banquet n'est pas tout à fait prêt. »

Elle ne croit pas si bien dire, car le voici justement suivi de son aide de camp, le caporal Gomez. S'essuyant les mains à son tablier, Victoria file à l'auberge.

Le nouvel alcade n'est autre que Mendoza. Cela peut paraître surprenant mais, après tout, n'est-ce pas lui qui rêve ? Alors, il fait ce qu'il veut.

Il n'a qu'à paraître pour qu'aussitôt retentissent un tonnerre d'applaudissements, des hourras et des bravos. La gloire, Mendoza adore ! Il est aux anges.

Distribuant à chacun un sourire ou un

salut, il s'avance sous le soleil en bombant le torse. Il remplace Luis Ramone, mais on dirait qu'il succède à Napoléon ! Dieu, qu'il est élégant !... Enfin, selon son idée à lui de l'élégance. Il porte un chapeau melon entouré d'un ruban en peau de serpent, une redingote à queue de pie avec un col, des poignets et des revers de poches en fourrure de panthère ! A son cou pend, au bout d'un ruban bleu, la croix de l'ordre du Saint-Esprit ; sa poitrine est constellée de décorations ; son pantalon à rayures grises et noires tombe sur des chaussures à hauts talons, lacées par des rubans rouges. Où a-t-il bien pu dénicher tout cela en aussi peu de temps ? A croire qu'il a pioché au petit bonheur dans les garde-robes du roi de France, d'un homme d'affaires anglais, de la marquise de Pompadour et de Crocodile Dundee ! Au total, il est ridicule. Mais il se croit

d'une élégance fabuleuse, et tout le monde dans son rêve semble partager son avis.

Les de La Vega père et fils sont là, qui attendent en se tordant les mains, l'air impressionné. Il les salue d'un minuscule mouvement de menton. Alors, ils se détendent.

« C'est fort généreux de votre part, alcade, dit don Alejandro, de nous avoir invités à votre banquet d'inauguration.

— C'est un grand honneur », renchérit don Diego.

L'alcade Mendoza, d'un simple battement de paupière, leur répond qu'en effet il est très conscient de sa générosité et de l'honneur qu'il leur fait, mais qu'il accepte très volontiers leurs remerciements.

A ce moment-là, Victoria ressort de l'auberge :

« Le banquet est prêt, annonce-t-elle.

— Je m'en voudrais de vous faire attendre », répond galamment le superbe Mendoza.

Et il se met en marche. Une petite cour d'admirateurs papillonne autour de lui, le reste de ses invités le suivent en cortège. Il tire de sa poche un cigare, se le plante entre les lèvres, puis il se tourne vers son aide de camp :

« Caporal Gomez... »

Le caporal n'est pas homme à comprendre vite ce qu'on attend de lui. Il bafouille :

« Oui, alcade ? »

Mendoza le regarde méchamment, puis louche sur son cigare qui n'est pas encore allumé. L'autre finit par comprendre et, avec des gestes maladroits, se met à fouiller dans ses poches.

« Pardonnez-moi, alcade, je... »

Dix bras, dont ceux des de La Vega, se tendent alors, qui brandissent chacun sous le nez de l'alcade une allumette enflammée. Gomez n'a toujours pas trouvé les siennes ! Il continue à chercher et les découvre enfin au fond d'une poche, mais il est trop tard. A ce moment-là, Mendoza, avec un sourire un peu supérieur, allume son cigare à l'allumette de don Diego et tire une longue bouffée.

« Caporal, dit-il ensuite, vous êtes si empoté que vous seriez en retard à votre propre enterrement. »

Les gens alentour trouvent cette remarque fort spirituelle et s'empressent d'en rire.

« Mais..., bredouille Gomez.

— Il n'y a pas de *mais* qui tienne, caporal ! l'interrompt l'alcade en lui soufflant de la fumée en plein visage. Apprenez que, dans l'armée, rien ne sert d'obéir, il faut obéir à point, *scrogneugneu* ! »

Mendoza laisse au caporal le temps d'apprécier l'immense sagesse de sa phrase, et puis il ajoute :

« Allez me faire vingt fois le tour de la place du marché au pas de course. Exécution.

— Mais, alcade, le banquet..., proteste le caporal.

— J'ai dit : exécution ! » répète l'alcade, impitoyable. Alors, Gomez obéit.

« A vos ordres, *mi* alcade », déclaret-il d'une voix plaintive, avant de s'en aller.

Et tous les Angelenos pensent que leur *pueblo* a enfin pour alcade l'homme à poigne dont il avait tant besoin !

Chapitre 10

Mendoza s'y croit (2)

Dans l'auberge, l'argenterie étincelle, les verres de cristal scintillent. On a rapproché les petites tables pour en faire une grande autour de laquelle cent convives peuvent tenir à l'aise. Les invités, rien que des belles dames et des beaux messieurs, prennent place autour en poussant des Oh !, des Ah !, des « Comme c'est beau ! » des « Quel hôte généreux ! ».

Dans chaque assiette, le hors-d'œuvre est servi, recouvert d'une cloche en argent pour l'empêcher de refroidir. Les verres débordent de bière mousseuse.

Mendoza s'assied à la place d'honneur.

Don Alejandro saisit son verre, le lève et proclame :

« Citoyens de Los Angeles, buvons à la santé de notre nouvel alcade. Que Dieu lui accorde longue vie, et qu'ainsi il puisse nous gouverner longtemps ! »

L'assistance reprend en chœur : « Vive l'alcade ! Viva Mendoza ! »

« Merci, *amigos* », dit Mendoza. Et comme il n'aime guère parler, il se contente d'ajouter : « Maintenant... mangeons ! »

Il noue une serviette autour de son cou, puis découvre son assiette. Ses invités aussitôt l'imitent. Chaque assiette est remplie à ras-bord de haricots rouges, mais personne ne s'étonne.

« Des haricots rouges ! s'exclame au

contraire don Diego. Quelle merveilleuse idée ! C'est si fin, si délicat comme mets !

— Je les fais venir de l'étranger », précise Mendoza, sur un ton de connaisseur.

Une rumeur fait le tour de la table : « Quel gourmet, cet alcade ! Et comme il sait bien recevoir ses invités ! »

Soudain, quelqu'un hurle :

« Alcade ! »

Toutes les têtes se lèvent vers le balcon du premier étage, d'où est partie la voix. Celui qui vient d'interpeller aussi grossièrement le roi de la fête, c'est le roi des trouble-fête en personne : Zorro !

« Quoi ! Un festin ! continue l'intrus. Et je ne suis pas invité !

— Oh, Zorro ! lui lance Victoria d'une voix excédée. Encore vous ! Nous étions tranquilles, nous passions un moment délicieux. Pourquoi faut-il que vous veniez toujours tout gâcher ? »

Les autres convives l'approuvent. Des cris fusent :

« Oui, fichez le camp !

— Nous n'avons pas besoin de vous !

— Vous ne voyez donc pas que vous êtes de trop ! »

Zorro ne se laisse pas démonter pour si peu.

« Très bien, très bien, dit-il, avec une

bonne humeur qui ne semble pas très sincère. Puisque c'est ainsi, je m'en vais. Je ne voudrais pas m'imposer... Mais avant de partir, alcade, laissez-moi vous donner un petit conseil : vous avez intérêt à vous comporter autrement que le scélérat auquel vous succédez, si vous ne souhaitez pas m'avoir pour ennemi. »

Cette fois, c'est don Diego qui réplique :

« Ah ! ça ! c'en est trop, Zorro ! s'écrie-t-il. L'alcade Mendoza est un honnête homme. Il a derrière lui une vie de courage, de droiture et de générosité. »

Mendoza n'est pas choqué, lui non plus, de voir s'affronter don Diego et Zorro, qui sont en réalité un seul et même homme, car, pour lui, ils ont toujours fait deux. Il écoute, les yeux mi-clos, tout le bien qu'on dit de lui, et il l'approuve en hochant la tête.

« Vous feriez mieux de retirer votre

masque, Zorro, continue don Diego. Car je pense que désormais les gens de votre espèce ne seront plus nécessaires à Los Angeles. »

Cette idée déchaîne l'enthousiasme des convives, qui crient :

« Oh, oui ! Oh, oui ! Bien dit ! Bonne idée ! Enlevez-le ! Enlevez-le ! »

Zorro est dégoûté par tant d'ingratitude. Fort en colère, il saute sur le lustre, d'où il se laisse tomber sur la table. Il atterrit en surplomb de don Diego et lui pointe son épée sous la gorge. Don Diego, avec audace, le toise. Alors Zorro appuie. Don Diego s'écarte, mais Zorro insiste méchamment. Don Diego recule encore, perd l'équilibre, et bascule en arrière avec sa chaise. En touchant le sol, son crâne fait un sinistre *boum !*

Victoria se précipite à son secours, lui tapote le front avec un coin de serviette trempé dans de la bière, l'aide à se relever. Il titube, encore étourdi. Il paraît mal en point. Tout le monde retient son souffle.

Soudain Mendoza se lève et d'un bond rejoint Zorro sur la table où il fait le brave.

« Il est temps, monsieur l'épouvantail, que quelqu'un vous apprenne les bonnes manières », menace-t-il en tirant son épée de son fourreau.

Mais Zorro, sans rien tenter, bat en retraite.

« Je vous en prie, señor alcade, dit-il piteusement. Tout cela n'était qu'une innocente plaisanterie. Je ne voulais faire de mal à personne. Laissez-moi partir et je promets que... »

Il n'achève pas, car Mendoza, d'une brusque poussée, l'a jeté en bas de la table.

« On dirait que Zorro a fini de crâner, dit une femme.

— Oui, il a enfin trouvé à qui parler », ajoute son voisin.

Léger et précis comme un félin, Mendoza a sauté pour rejoindre Zorro et lui barrer le chemin. Il le défie :

« Battez-vous comme un homme ! » lui lance-t-il, avec une moue de mépris sur les lèvres.

Zorro n'a pas le choix. Acculé au combat, il charge. Mais à les voir croiser le fer, Mendoza et lui, on comprend tout de suite qu'il y a un maître et un apprenti. Quel balourd, ce Zorro ! Et l'alcade, quelle fine lame !

En deux temps et trois mouvements, Zorro est forcé dans un coin. Coup d'arrêt, feinte de septime, moulinet, et *hop !* l'alcade l'a désarmé.

Les convives applaudissent à tout rompre.

Zorro tombe à genoux et pleurniche :

« Pitié, *mi* alcade, pitié ! Je vous en prie, épargnez-moi ! »

Mendoza a honte pour lui... et se réveille en sursaut. Hélas ! Ce n'était qu'un rêve...

Chapitre 11

Victoria au pays des merveilles

La flamme trottinait toujous vers le baril. Et Victoria à son tour se souvint des sinistres paroles de Quintana : *Votre vie va s'arrêter là ; tous les bonheurs que vous en attendiez, il faut y renoncer ; n'espérez plus et dites adieu à vos rêves.*

N'espérez plus !... Certes, il était venu quelqu'un, tout à l'heure, qui aurait pu les aider, mais, hélas ! la première difficulté l'avait découragé, et il était reparti.

A présent, la situation était sans issue. Plus personne ne viendrait. Ils allaient tous sauter.

Ce n'était même pas la peine de compter sur Zorro, car comment aurait-il su ce qui se passait à l'auberge ?

Victoria se tourna vers ses compagnons de misère : sauf don Diego, qui regardait fixement la mèche brûler, les autres avaient l'air perdus dans leurs pensées.

Soudain, elle se redressa sur son séant : un bruit !... D'où venait-il ? La clenche de la porte de la cuisine tourna. Quelqu'un poussa pour l'ouvrir. Mais les deux verrous étaient tirés et tenaient bon. De nouveau l'individu poussa, mais rien ne bougea ! Alors, il se mit à frapper avec quelque chose qui rendait un son sourd contre le massif panneau de chêne. Sans doute donnait-il des coups d'épaule...

Les captifs s'agitèrent, marmonnèrent des « Au secours ! » derrière leurs bâillons, mais ils se rendaient bien compte que leurs voix étouffées ne portaient pas assez loin pour être entendues à travers une telle épaisseur de bois.

Encore un coup d'épaule. Peine perdue : la lourde porte, bien d'aplomb sur ses charnières de fer, ne bougea pas d'un cheveu. Celui qui était dehors s'obstina, multiplia ses coups, à chaque fois en vain. Si bien qu'à la fin ils devinrent de plus en plus faibles et découragés. Et puis plus rien.

Quant à la mèche, elle n'avait jamais été aussi courte.

Quant à la flamme, toujours gaillarde, elle n'avait jamais été aussi proche du baril...

Victoria se laissa retomber contre le mur. Ce dernier moment d'espoir et cette

dernière déception l'avaient épuisée. Elle ferma les yeux. C'était l'heure de dire adieu à ses espoirs de bonheur. Mais pour elle, les adieux seraient vite faits, car elle n'avait jamais espéré qu'une chose : être un jour aimée de Zorro autant qu'elle l'aimait. Elle ferma les yeux, pour mieux revoir dans sa pensée le héros de ses rêves.

Zorro... Zorro... Voici qu'il lui

semble entendre un bruit, comme une galopade.

« Où suis-je ? se demande-t-elle. Quel est ce bruit ? »

Elle se retrouve dans la cuisine de son auberge, attachée au lourd poêle en fonte et solidement bâillonnée. Le buffet est renversé. Le sol est jonché d'éclats de bois et de morceaux de vaisselle cassée. Par terre, près d'un pied de table, une mèche achève de brûler. Dans une seconde, elle enflammera un baril de poudre qui les tuera tous les cinq en explosant. Quelqu'un cogne contre la porte...

La situation est donc toujours la même depuis tout à l'heure.

Sauf que, cette fois-ci, Victoria rêve !

Les coups frappés contre la porte résonnent dans la pièce. Est-ce un bélier qui est là-derrière ? Non, car un bélier ne hennit pas, et c'est bien un hennissement qui vient de retentir. Un hennissement furieux. L'animal qui l'a poussé est sans doute un étalon farouche et brave.

Tornado ?

Une terrible ruade, et la porte s'arrache de ses gonds. La lumière crue et brûlante du soleil envahit la cuisine, chassant devant elle la pénombre et la fraîcheur.

Et, dans cette lumière, surgit une haute silhouette noire.

C'est *lui* !

Il est venu !

Derrière son masque, ses yeux font le tour de la pièce. Il aperçoit les prisonniers, le mobilier fracassé, le baril de poudre, la flamme qui s'en rapproche... Dans une fraction de seconde, tout va sauter. La mèche est maintenant si courte que, même en bondissant, il n'arrivera pas à temps pour écraser la flamme d'un coup de talon. Alors, c'est la fin ?

Non ! Car le fouet de Zorro fend l'air en sifflant et avec une précision merveilleuse, souffle la flamme !

En un clin d'œil, le cauchemar a cessé. Les prisonniers, qui s'étaient vus morts, ressuscitent. Tour à tour, du bout de son épée, Zorro tranche les liens des uns et des autres. Sa main est sûre ; il n'égratigne aucun des prisonniers, bien que les cordes soient serrées contre leur peau. Et, tandis qu'ils achèvent seuls de se libérer, après une profonde révérence, Zorro s'en va.

Victoria se débarrasse de son bâillon, détache prestement ses chevilles et court après lui. Elle arrive à temps devant l'auberge pour le voir disparaître au coin du mur de terre séchée qui ceinture la chapelle de la mission.

Affligée, elle baisse la tête.

Soudain, Zorro rebrousse chemin. Lorsqu'elle le voit revenir, elle lui sourit.

Il est trop loin pour qu'elle puisse distinguer ses lèvres, mais elle est sûre qu'il lui rend son sourire. Puis Tornado se rapproche au triple galop. En passant près d'elle, sans même ralentir, Zorro se penche et, d'un bras qu'il enroule autour de sa taille, la soulève comme on cueille une fleur, puis l'assied sur l'encolure de son cheval.

Alors, ensemble, ils s'en vont vers l'horizon.

Ils ont dû chevaucher longtemps sans parler, car ils se retrouvent dans un paysage de montagnes aux formes tourmentées qui se détachent sur un ciel embrasé par le soleil couchant. Dans ce décor romantique, Zorro arrête sa monture, saute à terre, puis, avec galanterie, aide Victoria à descendre. Elle se retrouve dans ses bras et choisit d'y rester.

« C'est pour moi que vous êtes revenu ! s'émerveille-t-elle.

— Oui, répond Zorro. Je vous ai vue si proche de la mort, aujourd'hui, que j'ai soudain compris à quel point ma vie serait vide sans vous. »

Victoria rougit. Elle a l'impression qu'elle va s'évanouir de bonheur.

« Pourquoi ? reprend Zorro. Oui, pourquoi ai-je tant hésité ? Il y a bien longtemps que j'aurais dû vous faire l'aveu des sentiments que j'éprouve pour vous. Mon cœur brûle d'une flamme qui... »

Victoria lui pose un doigt sur les lèvres, et il s'interrompt.

« Assez de mots, murmure-t-elle. Je sais déjà tout ce que vous allez me dire : je l'ai lu des centaines de fois dans vos yeux.

— Vous avez raison, répond Zorro. Assez de mots. »

Et ses lèvres s'avancent doucement à la rencontre de celles de Victoria.

Quelque chose de splendide est sur le point d'arriver...

Chapitre 12

Une goutte de vin

Hélas, jamais Victoria n'embrassa Zorro !

Pourtant, leurs lèvres n'étaient plus séparées que par un espace minuscule... lorsque son rêve fut interrompu par un bruit !

Elle rouvrit les yeux : don Alejandro, en bougeant les pieds, venait d'écraser un morceau d'assiette brisée.

La mèche brûlait toujours. Pas si courte que dans son rêve, mais courte quand même. C'était maintenant l'affaire de vingt secondes, peut-être seulement quinze, avant que tout explose.

Les prisonniers se regardèrent. Leurs yeux se dirent adieu. A ce moment-là, ils oublièrent tout ce qui avait pu les séparer dans la vie et s'apprêtèrent à se quitter, en paix les uns avec les autres. L'alcade n'éprouvait plus pour le sergent le mépris dont il l'avait toujours accablé, ni pour les de La Vega une sourde haine teintée de jalousie, ni du dépit amoureux pour Victoria, qui avait toujours eu le don de regarder ailleurs lorsqu'il essayait de lui faire les yeux doux. Le sergent oubliait sa rancœur contre l'alcade. Victoria, de son côté, et don Alejandro, du sien, pardonnaient à Diego de les avoir si souvent déçus par sa mollesse. Lorsqu'on n'a plus que dix secondes à vivre, à quoi bon entretenir encore ses mauvais sentiments ?

Don Diego était le seul qui ne se fût

pas préparé à mourir, car il était aussi le seul à n'avoir pas encore perdu tout espoir.

En s'étirant le cou jusqu'à se le dévisser presque, il venait d'apercevoir, au-dessus du rebord de la table, l'anse d'un pichet. Bien sûr, il était trop en contrebas pour voir si ce pichet était plein ou vide... mais s'il contenait un liquide, de l'eau ou du vin, cela pouvait tout changer.

A côté de don Diego, il y avait un panier rempli de bûches.

Du bout de sa botte, il le fit culbuter. Certains rondins de bois roulèrent au loin, d'autres vinrent vers lui. Le plus proche, il essaya de le coincer entre ses pieds. Ses liens lui sciaient les chevilles.

Il restait neuf secondes. A la première tentative, il échoua. Huit secondes, sept... Cette fois, ça y était : don Diego avait ramassé le morceau de bois.

Alors, il se coucha sur le dos, jambes en l'air, dans la posture des acrobates qui, au cirque, jonglent avec des ballons sur la plante de leurs pieds. Puis il lança la bûche de toutes ses forces. Elle cogna sur le bord de la table.

Le pichet tomba.

Il contenait du vin rouge, qui se répandit.

Il restait cinq secondes, quatre...

Le vin formait maintenant une rigole qui s'écoulait lentement. Le plateau de chêne en buvait la moitié au passage, l'autre moitié s'avançait vers le vide.

Trois secondes, deux...

Une énorme goutte pendit au bord de la table, juste au-dessus de la mèche. Elle parut s'arrêter, comme prise de vertige, et puis s'étira.

Plus qu'une seconde...

Le vin était si épais qu'on aurait dit de l'huile.

La goutte grossit, s'étira. Elle ne tenait plus, agrippée au rebord de la table, que par un fil fin comme un cheveu.

Le fil céda.

Alors, la goutte de vin plongea dans le vide, s'abattit de tout son poids sur la flamme et l'écrasa.

Au même moment, des coups terribles retentirent contre la porte de la cuisine, comme si des géants essayaient de l'enfoncer. Sous tant de force, les verrous s'arrachèrent du mur et la porte s'ouvrit brutalement.

Alors apparurent deux solides *peones* et Felipe. Les colosses tenaient sous leurs bras le tronc d'arbre qui leur avait servi de bélier et Felipe, sous le sien, le cadeau de don Alejandro pour le sergent Mendoza. Vite, ils se débarrassèrent de leurs fardeaux et libérèrent les captifs.

« Bravo, Felipe, bien joué ! s'exclama don Diego, dès qu'il put parler.

— Bien joué ? C'est vite dit, bougonna l'alcade en se frottant les poignets. Ce gamin est arrivé une minute trop tard.

— L'alcade a raison, approuva Mendoza, lorsque à son tour il n'eut plus de bâillon. Sans vous, don Diego, à l'heure qu'il est, nous serions tous les cinq au paradis... ou en enfer !

— C'est vrai, cela, mon fils, renchérit don Alejandro, quand Felipe lui eut ôté son bâillon. Tu as été magnifique ! »

Et il ajouta, sans penser à mal :

« Même Zorro n'aurait pas fait mieux. »

Ce qui fit sourire don Diego, et bondir l'alcade comme un diable hors de sa boîte.

« Zorro ? Quoi, Zorro ! » s'écria-t-il, la mine affolée.

Et tout le monde leva les yeux au ciel,

l'air de dire : « Décidément, il ne changera jamais ! »

« En tout cas, on ne l'a pas vu beaucoup, aujourd'hui, votre fameux Zorro ! ajouta l'alcade, sur un ton rageur.

— Il ne peut pas être partout... enfin, je suppose, répondit doucement don Diego. Je ne dis pas cela pour excuser son absence, mais il y a des circonstances, dans la vie, où il faut savoir compter sur soi-même, et ne pas toujours attendre des autres le salut.

— Zorro ou pas, fit Victoria, toute tremblante, je suis bien aise d'être encore en vie. Et je n'ai pas honte de dire que je viens de connaître la plus grande frayeur de mon existence.

— Moi aussi, señorita, avoua Mendoza.

— Quant à moi, j'ai bien cru que nous allions tous partir en fumée, et je n'en menais pas large, confessa alors don Alejandro.

— Et toi, Diego ? demanda Victoria.

— Moi ? Je ne suis pas comme toi, ma chère amie.

— Quoi ? Tu n'as pas eu peur ?

— Si, une peur bleue.

— Mais alors ?

— La différence, c'est que j'ai honte de le reconnaître. »

Bien sûr, don Diego ne disait pas la

vérité, car depuis que Quintana avait allumé la mèche, il avait été trop occupé à chercher un moyen de l'éteindre pour avoir peur. Mais maintenant que tout danger était écarté, il jouait de nouveau son rôle de peureux.

Seul Luis Ramone n'avait rien dit. Passé le premier moment d'émotion, il s'était vite ressaisi. Après tout, il était alcade, il avait un rang à tenir. Alors, il jugeait plus convenable de faire bande à part pendant que les autres échangeaient des confidences.

Ce qui n'empêcha pas Mendoza de naïvement lui demander :

« Et vous, *mi* alcade, avez-vous eu peur ? »

Pour Luis Ramone, une telle question était presque une insulte. Il toisa le sergent et lui répondit, avec une moue dédaigneuse :

« Le lâche meurt mille fois ; le brave, une seule ! »

Et les autres échangèrent des sourires : oui, décidément, leur alcade était bien toujours le même ; frôler la mort ne lui avait rien appris, rien fait oublier...

« Et maintenant, enchaîna don Alejandro, qui voulait conclure sur une note gaie, puisque Felipe s'est donné tant de mal pour nous le rapporter, si nous offrions son cadeau d'anniversaire à ce brave sergent ?

— Mais... ce n'est pas mon anniversaire ! protesta Mendoza.

— Oui, oui, nous savons bien à présent que ce n'était qu'une invention de Quintana pour nous attirer dans son piège, dit don Diego. Mais qu'à cela ne tienne ! Le voici, prenez-le donc !

— Oui, ouvrez-le, Mendoza ! » l'encouragea Victoria.

Alors, le sergent coupa le ruban,

déchira le papier et découvrit son cadeau. C'était un grand sac de haricots rouges.

« Oh ! fit-il, très ému. Des haricots ! Des haricots *d'importation* ! Mais comment saviez-vous que c'étaient mes préférés ? »

Finalement, l'alcade aussi eut un cadeau, car le lendemain, à l'aube, devant la caserne, une sentinelle découvrit un certain Ricardo Quintana, dûment ligoté.

Avec les compliments de... Zorro !

Table

IMPRIMÉ EN FRANCE PAR BRODARD ET TAUPIN
Usine de La Flèche, 72200.
Dépôt légal Imp : 1687E-5 – Edit : 4682.
20-20-8470-01-5 – ISBN : 2-01-018257-X.
Loi nº 49-956 du 16 juillet 1949 sur les publications destinées à la jeunesse.
Dépôt : novembre 1991.